D1513426

El rey Ignacio

MONTAÑA
ENCANTADA

Pep Tort

Ilustrado por Teresa Duran

El rey Ignacio

EVEREST

Mi agradecimiento a todos los que con su impulso, consejo, colaboración, confianza y paciencia me han ayudado a terminar este trabajo:

José Javier Alfaro (Pepe Alfaro), Seve Calleja,
Margarita Cartoixà, Montse Corrons,
Ana María García, Carme Martín
Pep Sánchez…

Dirección Editorial: Raquel López Varela
Coordinación Editorial: Ana María García Alonso
Maquetación: Cristina A. Rejas Manzanera
Diseño de cubierta: Jesús Cruz
Título original: *El rei Magí*
Traducción: Pep Tort

© Pep Tort
© EDITORIAL EVEREST, S. A.
de acuerdo con EDICIONS CADÍ, S. L.
Carretera León-La Coruña, km 5 - LEÓN
ISBN: 84-241-8558-7
Depósito legal: LE. 92-2006
Printed in Spain - Impreso en España

EDITORIAL EVERGRÁFICAS, S. L.
Carretera León-La Coruña, km 5
LEÓN (España)
Atención al cliente: 902 123 400
www.everest.es

La historia del rey Ignacio,
ésta que ahora os contaré,
hace tanto que ocurrió
que hasta su olor se perdió,
aunque no oliera a festín,
sino a sucio calcetín.

Si tú en el queso has pensado,
pues ya lo has adivinado.
Fue el queso el que provocó
todo lo que allí ocurrió.

Érase, pues, una vez,
un lugar que olía a pies.
Allí, al rey que reinaba
sólo el comer preocupaba
y en paz comía y se hartaba.

Eso hacía el rey Ignacio:
devorar siempre en palacio
quesos de cualquier lugar.
Sólo quería en sus platos
quesos de distintos gustos,
y así, pasaba él el rato
engordando como un pato.

¡Pero… todo lo que empieza…
tarde o temprano se acaba!
El rey vio, por sus salones,
que corrían los ratones:
¡Ratones por todas partes!,
roedores ladronzuelos

en armarios y en los suelos,
robándole a él sus quesos.

Al rey se le oyó mandar:
—¡Marchaos de este lugar!
Pero no le hicieron caso.

Y caminando a buen paso,
al oír al rey gritar
se acercaron al lugar
sus tres fieles secretarios:
Pátatin, Pátatan y Pátatun,
tin, tan, tun… tan, tin, tan, tun.

Ellos, cuando no dormían,
algún caso resolvían.
Y fue al llegar a palacio,
cuando al ver al rey Ignacio,
le saludaron los tres
de la cabeza a los pies.

—¡Pátatin, Pátatan y Pátatun,
no quiero aquí a los ratones!
Y sin más explicaciones,
dictó el rey sus condiciones:
—¡Quiero alguna solución,
o a dormir en un balcón!

Pátatin, Pátatan y Pátatun,
los tres, miraron al techo,
lo pensaron del derecho,
lo pensaron del revés,
pero callaban los tres.
Uno halló la solución
y enseguida la contó:
—¡Un caso tan complicado
lo resolvería un buen gato!
Y al rey dio la explicación.

—¡Me gusta la solución!
El pregonero será
el que lo pregonará.
Dijo el rey emocionado
al haber imaginado
libres ya sus posesiones
de los molestos ratones.

Ta-ra-rí… ta-ra-ra-rá,
la trompeta así anunciaba
que el pregonero empezaba:
—¡Los gatos de este lugar,
atiendan a mi cantar:
diríjanse hasta palacio
por orden del rey Ignacio!

Del pequeño al grandullón
escuchaban el pregón.
Pero entonces alguien dijo:
—¿Qué? Perdón, ¿qué es lo que
                            ha dicho?
Era Mingo, que no oía
de sordera que tenía.
Los vecinos repitieron
lo que todos entendieron:

—Que los gatos del lugar,
atiendan a su cantar,
vayan todos a palacio
por orden del rey Ignacio.
—¡Ah! —exclamó el bueno
                    de Mingo—.
¡No entiendo, menudo lío!

Al ver los gatos llegar,
el rey se puso a cantar:
—¡Bien, bien, bien, ahora sí,
todo el queso es para mí!

Como un coro, los gatitos
con sus "miau" tan pequeñitos

y los gatos más grandotes
mostrando a todos sus dotes,
los ratones asustaron
y muy deprisa escaparon.
¡Pero… todo lo que empieza…
tarde o temprano se acaba!

Con gatos maullando
el rey se iba desvelando,
y el monarca se enfadó
y al desesperar gritó:

—¡Pátatin!, ¡Pátatan!, ¡Pátatun!,
tin, tan, tun… tan, tin, tan, tun.
Cuando sus nombres oyeron,
el camino reemprendieron.
Pronto al palacio llegaron
y ante su rey se rindieron
los tres fieles consejeros
para escuchar sus lamentos:
—Pátatin, Pátatan, Pátatun,
estos gatos al maullar
no me dejan descansar.
¡Buscadme una solución
a este terrible follón,
o vais a ser obligados
a dormir en los tejados!

Pátatin, Pátatan y Pátatun,
los tres, miraron al techo,
lo pensaron del derecho,
lo pensaron del revés,
pero callaban los tres.

Uno halló la solución
y a los otros comentó:
—¡Resolver este jaleo
quizás lo consiga el perro!
Y al rey dio la explicación.
—¡Me gusta la solución!
El pregonero será
el que lo pregonará.
Dijo el rey emocionado
al haber imaginado
libres ya sus posesiones
de tantos gatos chillones.

Ta-ra-rí… ta-ra-ra-rá,
la trompeta anunciaba
que el pregonero empezaba:
—¡Los perros de este lugar
atiendan a mi cantar:

diríjanse hasta palacio
por orden del rey Ignacio!

Del pequeño al grandullón
escuchaban el pregón.
Pero entonces alguien dijo:
—¿Qué? Perdón ¿qué es lo que
                    ha dicho?
Era Mingo, sorprendido,
pues nada había entendido.
Los vecinos repitieron
lo que ellos sí comprendieron:
—Que los perros del lugar
atiendan a su cantar:
vayan todos a palacio
por orden del rey Ignacio.
—¡Muy bien, muy bien!
                —dijo Mingo,
pero él seguía hecho un lío.

—Si el rey así pasa el rato...
antes convocando al gato
y ahora llamando al perro,
es que está como un cencerro...
Pero es que a mí me da igual
lo que haga cada cual.

Al ver los perros llegar,
el rey se puso a cantar:

—¡Bien, bien, bien, ahora sí,
todo el queso es para mí!

En palacio se escuchaban
muchos perros que ladraban,
"guau, guau, guau", amenazaban.
¡Pero… todo lo que empieza…
tarde o temprano se acaba!

Los perros, si no ladraban,
las esquinas ensuciaban
o lamían sin parar
para su amor demostrar,
llenando de lengüetazos
cabezas, manos y brazos.

Quien más sufrió en el palacio
situación tan asquerosa,
sin duda fue el rey Ignacio,
quedó como una babosa,
los quesos se le escurrían,
de las manos le caían.

Tanta baba le irritó
que el rey Ignacio voceó:
—¡Pátatin!, ¡Pátatan!, ¡Pátatun!
Tin, tan, tun… tan, tin, tan, tun,
hacia el palacio corrieron
cuando sus nombres oyeron.
Los tres al rey saludaron
y su penar escucharon:
—Los perros a lengüetadas
dejan mis manos mojadas
y cuando quiero comer
nada puedo sostener.
¡Os exijo solución
a esta grave situación,
o al establo os mandaré,
y no dudéis que lo haré!

Pátatin, Pátatan y Pátatun,
los tres, miraron al techo,
lo pensaron del derecho,

lo pensaron del revés,
pero callaban los tres.

Uno halló la solución
y a los otros comentó:
—¡Creo que, en esta ocasión,
llamaremos al león!
Y el rey les dio su opinión:
—¡Me asusta la solución!
El pregonero será
el que lo pregonará.

Ta-ra-rí… ta-ra-ra-rá,
la trompeta así anunciaba
que el pregonero empezaba.
Del pequeño al grandullón
esperaban el pregón:
—¡Leones de este lugar
atiendan a mi cantar:
diríjanse hasta palacio
por orden del rey Ignacio!
Cuando el pregón acabó
el pregonero escapó,

los que escuchaban se fueron
y en sus casas se escondieron.
Mingo vio muy sorprendido
que todos se habían ido.
—¿Eh, eh, eh, qué pasa aquí?,
¿es que nadie me oye a mí?

Chic, chac… cric, crac… ñic, ñac, ñac,
desde puertas y ventanas,
desde el joven al de canas,
todos querían contar
lo que allí iba a pasar.

—¡Que ya vienen los leones!
—¿Que vienen ya los melones?
—¡No, Mingo, no, los leones!
—¡Los leones… los leones!
Alto y claro lo entendió
y también raudo corrió.

Cuando a su casa llegó,
chic, chac, la puerta entreabrió,
y sin mirar atrás, entró.
Chic, chac, la puerta cerró,
estaba muy asustado:
—¡El león es bicho malo!

En su cama se escondió
y al ratito se durmió.

—¡Los leones en palacio!
Cantaba el rey Ignacio.
—¡Bien, bien, bien, ahora sí,
todo el queso es para mí!

Los leones al llegar
empezaron a vocear.
Y los perros al oír
a los leones rugir,
huyeron, era horroroso
aquel "¡graaaa!" tan ruidoso.

¡Pero… todo lo que empieza…
tarde o temprano se acaba!
Los leones, perezosos,
por todas partes echados,
en salones, en terrazas,
con sus terribles bocazas
bostezando por palacio,
asustaban al rey Ignacio,
que en la despensa seguía
del miedo que les tenía.
Cerró con llave, chic, chac,
pasó el cerrojo, cric, crac.

En la despensa encerrado,
de comida rodeado,
nada ya le apetecía.
El pobre rey se sentía
en una lata de atún.

—¡Pátatin!, ¡Pátatan!, ¡Pátatun!

¡Pátatin!, ¡Pátatan!, ¡Pátatun!
¡Pátatin!, ¡Pátatan!, ¡Pátatun!

Ellos estaban muy lejos
para pedirles consejos.
Lograron algo escuchar
y atendieron sin hablar…
El rey sus nombres gritaba,
en palacio algo pasaba.

Cuando hasta allí se acercaron,
enseguida le buscaron.
Al rey le oían vocear
pero sin poderlo hallar.
Los tres con sorpresa inmensa:
—¡Claro, es que está en la
                            despensa!
Hasta su puerta llegaron,
con los nudillos llamaron,
toc-toc-toc, tac-tac, toc-toc.

—¡Basta de tac y de toc!,
¡soy el rey!, ¡estoy aquí!,
¿hay leones por ahí?
—¡Abrid, abrid por favor!
Susurraron con temor.
Sonó el cerrojo, cric, crac,
la cerradura, chic, chac,
y entraron a empujones.
—¡Cerrad, cerrad… los leones!
Y con la llave, chic, chac,
pasó el cerrojo, cric, crac,
y el rey en voz baja dijo:
—¡Liberadme, os lo exijo!
Los leones al mirarme
el hambre logran quitarme,
ya no aguanto ni una hora.
¡Encontrad y sin demora
la solución acertada
o dormiréis en la entrada!

Pátatin, Pátatan y Pátatun,
Caminaban al tun-tun,
los tres, miraban al techo,
lo pensaron del derecho,
lo pensaron del revés,
pero callaban los tres.
Uno halló la solución
y a los otros comentó:
—¡Es un caso horripilante!,
¡dejádselo al elefante!

Y al rey dio la explicación.
—¡Me gusta la solución!
El pregonero será
el que lo pregonará.
Dijo el rey emocionado
al haber imaginado
libres ya sus posesiones
de los feroces leones.

Ta-ra-rí… ta-ra-ra-rá,
Ta-ra-rí… ta-ra-ra-rá,
la trompeta así anunciaba
que el pregonero empezaba…
Ni el peque ni el grandullón
escuchaban ya el pregón,

nadie quería escuchar,
pero él empezó a cantar:
—¡Elefantes del lugar,
atiendan a mi cantar:
diríjanse hasta palacio
por orden del rey Ignacio!

Chic, chac, se abrieron las puertas,
ñic, ñac, se abrieron ventanas
y del joven al de canas
se sabían el pregón
en la calle o el balcón.

—Mingo, ¿sabéis dónde está?
—¿Él?, ¡echándose una siesta!,
cuando le han ido a llamar,
todos le oían roncar.
Tiene la puerta cerrada,
¡no se ha enterado de nada!

—¡Elefantes en palacio!
"¡Bravo!", pensó el rey Ignacio.
—¡Bien, bien, bien, ahora sí,
todo el queso es para mí!

¡Pero… todo lo que empieza…
tarde o temprano se acaba!
Al andar, los elefantes
rompían muebles y estantes…
Ante tanta destrucción
urgía una solución.
El rey se puso en acción
gritando a pleno pulmón:
—¡Pátatin!, ¡Pátatan!, ¡Pátatun!
En un instante llegaron
y sin aliento escucharon
lo que pasaba en palacio
de boca del rey Ignacio.
—Si el elefante retoza,

todo al moverse destroza.
¡Son animales gigantes,
ya nada será como antes!
Un elefante ha quedado
en una puerta atascado,
como no se puede entrar,
ya no pueden cocinar.
¡Solución y que no falle
o dormiréis en la calle!

Los tres, miraron al techo,
lo pensaron del derecho,
lo pensaron del revés,
pero callaban los tres.
Y aunque ellos mucho pensaban,
la solución no encontraban.

El cocinero gritó:
—¡La solución la sé yo!
¿A quién teme el elefante?
No, no es a un bicho gigante,
lo escuché en una canción:
¡le tiene miedo al ratón!

—¡Los ratones a palacio!
Vociferó el rey Ignacio.
Y del armario al salón
reinó de nuevo el ratón.

¡Este cuento es capicúa!
¡Pero… todo lo que empieza…
tarde o temprano se acaba!
Vamos el cuento a acabar,
antes de que los ratones
nos coman a mordiscones.

Los ga-tos de este lu-gar, a - tien-dan a mi can-tar, di-

rí - jan-se hasta pa - la - cio, por or - den del rey Ig - nacio.

Pep Tort (Josep Tort Lavilla, Manresa, 1957) es maestro de Educación Infantil. Desde 1979 ha contado cuentos en escuelas, bibliotecas, teatro, radio…, y los ha grabado (www.peptort.com). Ha dado charlas y cursos ("La narración oral, experiencia vivencial de aprendizaje") a maestros, madres y padres. En el año 2000 publicó en esta misma colección *¡Eso no me gusta!*, y según nos cuenta, le encanta escribir.

Teresa Duran (Barcelona, 1949) es doctora en Pedagogía y gran conocedora de la literatura infantil: narradora de cuentos, ilustradora (tesis doctoral), escritora, diseñadora, crítica… Como reconociento a su trabajo ha recibido el *Premio Josep M. Folch i Torres de Literatura Infantil* (1982), y el *Premio de Literatura Infantil de la Generalitat de Catalunya* (1983). En la actualidad es profesora en la Universidad de Barcelona.